AF337512

LE TEMPLE DE L'HYMEN.

A PARIS.

M. DCC. LIX.

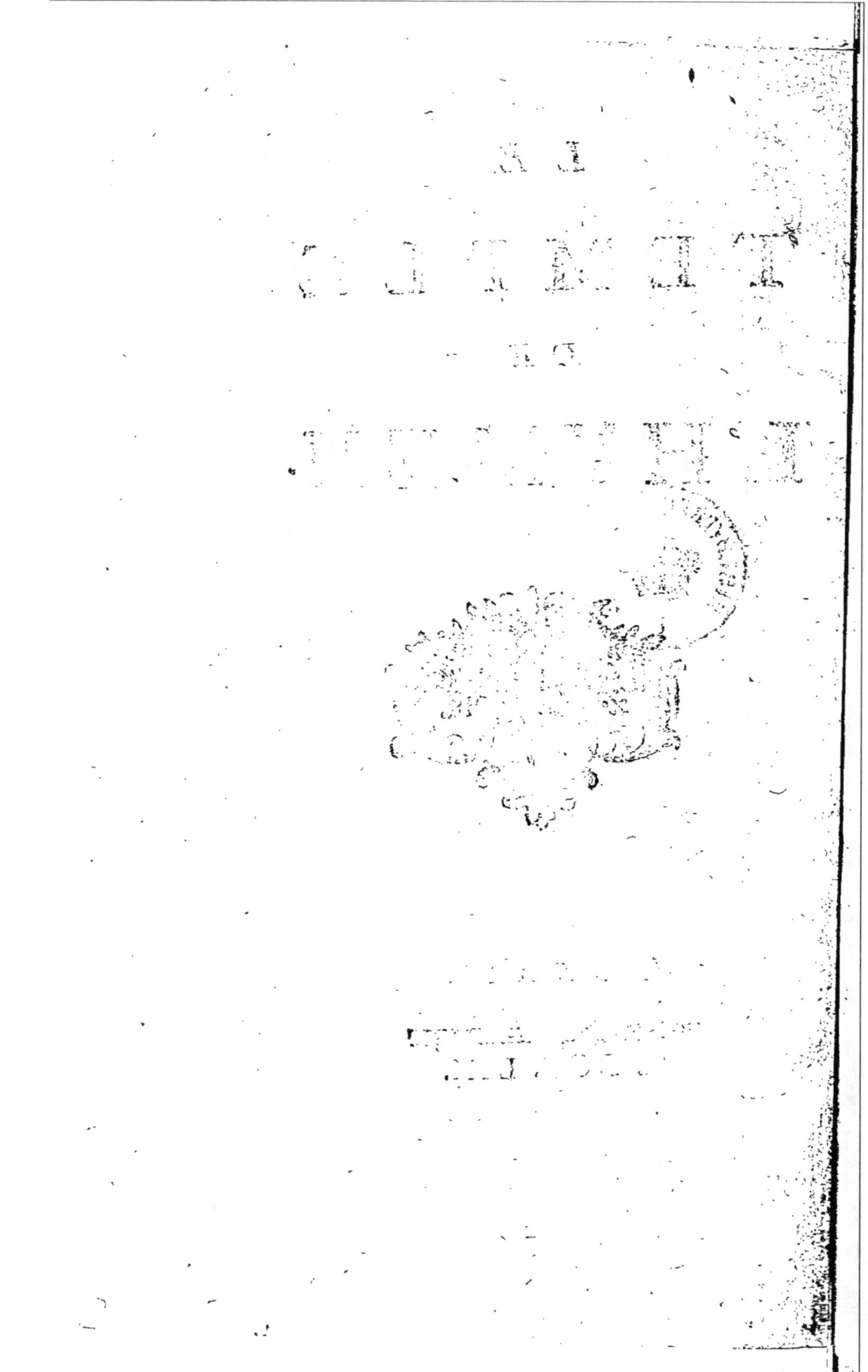

LE TEMPLE

DE

L'HYMEN.

LETTRE

A MONSIEUR

*LE CHEVALIER DE S***.*

ONSIEUR,

Comme je n'ai rien à vous écrire de mieux pour le préfent, je vais vous entretenir d'un fonge que je fis il y a quelques jours. Peut-être allez-vous bâiller à cette lecture ? Un fonge eft l'effet

A ij

du ſommeil, il pourroit bien en deve-
nir la cauſe. Quoiqu'il en ſoit, je ſerai
court comme la plûpart de nos Ecrivains
modernes, qui ſemblent craindre de laſſer
la patience du Lecteur, s'ils donnoient
plus d'étendue à leurs productions éphé-
mères. C'eſt du moins une attention
dont on doit leur tenir compte, & dont
je veux partager avec eux le mérite,
de crainte de vous ennuyer.

Je ſortois fort tard d'une compagnie
où s'étoient trouvées trois Demoiſelles,
dont la plus âgée ne pouvoit avoir que
quinze ou ſeize ans, toutes trois fort
piquantes, agréables, enjouées, & telles
enfin que le plus ſévere Stoïcien en au-
roit vû ébranler ſon rigoriſme. J'éprou-
vai pour elles un partage de ſentimens
où elles avoient la préférence tour-à-
tour, & j'en vint même à les aimer *in
globo*, l'une portant l'autre. Je les quit-
tai l'imagination remplie de leurs gen-
tilleſſes & de leurs agrémens ; & quand
je fus au lit, moi, que la premiere ap-
proche du chevet rend ordinairement
immobile, j'eſſuyai une inſomnie d'en-
viron demi-heure ; mais enfin le ſommeil vint calmer l'émotion de mon cœur,

(5)

Je me vis d'abord dans une isle en-
chantée, au milieu d'un beau fleuve dont
les rives offroient à mes yeux la plus
délicieuse image du Printems. Sur la
premiere colline s'élevoient deux Tem-
ples que séparoit un bosquet de myr-
thes, de grenadiers & d'orangers. On
lisoit sur le frontispice de celui qui étoit
à gauche, cette inscription.

C'est ici le Palais du plus puissant des Dieux,
Le centre de tous biens, le séjour des délices.
Mortels, approchez-vous, & mes dons précieux,
D'un torrent de plaisirs, paîront vos sacrifices.

Les colomnes du bâtiment étoient de
jaspe. Au lieu d'Acanthe, on voyoit
ramper le myrthe autour des chapitaux.
Les reliefs du fronton, qui représentoient
des fêtes & quelques trophées galans
dont la façade étoit ornée, achevérent
de me convaincre que c'étoit-là le Temple de l'Amour.

Sur la porte de l'autre Edifice se voyoit
cette légende.

Ici régne le Dieu dont l'aimable secours,
Ennyvre sans remords, sans trouble, ni sans crime,

Des tranfports les plus doux d'une ardeur légitime ,
time ,
Tous ceux qui fous fes Loix s'engagent pour toujours.
jours.

J'étois attentif à examiner l'architecture de ces deux Palais, leurs proportions, & les décorations extérieures qui m'en parurent admirables, lorfque j'apperçus tout-à-coup l'Amour fur la porte de fon Temple. Ce Dieu eft facile à reconnoître à fon air & à fes armes. Il fourit en me voyant , & me preffa d'entrer le plus obligeamment du monde. J'étois bien tenté de le faire ; mais convaincu par mon expérience qu'on ne fçauroit affez fe défier des careffes de ce Dieu dangereux , je me défendis le mieux qu'il me fut poffible , & lui dis prefque en tremblant :

Sujet zélé de votre Empire,
Affez longtems j'ai fuivi vos drapeaux;
Mais, Dieu puiffant, fouffrez que je refpire :
Après un long combat j'ai befoin de repos.

Piqué de mon refus, il ajuftoit déjà une fléche dont il alloit me percer; mais par bonheur l'Hymen parut à l'entrée de l'autre Temple. Ce Dieu, avec qui l'Amour ne sympatise guère, me garantit du coup qui me menaçoit. Cupidon lui jetta un regard de colere & de dépit, & se retira.

L'Hymen, jeune comme lui, avoit un air plus posé & plus modeste. Sa physionomie tranquille me rassura : je ne voyois point dans ses yeux cette empreinte malicieuse qui caractérise son rival. Il étoit vêtu de blanc & couronné de fleurs : il me prit par la main pour me faire entrer, & comme je faisois quelque résistance, il me dit :

Eh ! quoi, vous refusez les dons qu'on vous pré-
        sente !
Entrez, suivez l'Hymen, venez grossir sa Cour ;
Et bientôt dans les bras d'une épouse charmante,
Vous aurez à souhait tous les biens de l'Amour,
     Sans craindre les maux qu'il enfante.

Charmant Hymen, répondis-je, je connois tout le prix de vos faveurs ; mais je crains trop les dangers d'un engagement aussi sérieux : ma liberté m'est précieuse, & l'impression que m'a faite certain écrit. . . . . Quoi, interrompit-il, feriez-vous gâté par la lecture de ces Auteurs dangereux qui regardent les femmes avec le dernier mépris, & ne les croyent pas dignes de partager la tendreſſe qu'ils ont pour eux-mêmes?

De ces eſprits farouches & pervers,
Qui ſans pudeur ont employé leurs veilles,
A médire à tort à travers,
Et fait dans leurs écrits mille outrages divers,
A ce ſexe charmant, l'ame de l'Univers,
Et l'abrégé de ſes merveilles.

Croyez-moi, Boileau avoit ſes raiſons pour invectiver contre les femmes. Il ſe vangeoit ſur des innocentes ; mais tout le monde n'a pas ſçu ſa diſgrace. Quoiqu'il en ſoit, cet Ecrivain & ſes pareils ſont plus à fuir qu'à rechercher, & ſi la maxime de Platon, qui banniſſoit les Poëtes d'une République, devoit avoir lieu, ce ſeroit par rapport à ces lâches rimeurs qui décrient une ſi douce union, le lien le plus fort de la ſociété, & tout le fondement du bonheur & de la gloire d'un Empire.

Je ne ſçais que vous dire, repartis-je,

mais il eſt bien certain que les meilleurs eſprits, & les plus beaux génies ont preſque tous gardé le célibat. On ne lit pas qu'Homere, Anacréon, Horace, ou Virgile ayent été vos ſujets ou vos partiſans : pluſieurs Auteurs François les ont imités, & j'ai dans la tête de reſſembler à ces Grands Hommes, du moins par quelque endroit. Et quel tort peut faire à la population ce caprice d'un petit nombre d'Ecrivains, qui nés d'ailleurs indépendans & pareſſeux, ſont ſi peu propres aux ſoins d'une famille ?

Voilà une idée bien ſinguliere, repliqua-t-il ! Vous aimez donc bien la Poëſie, puiſque votre admiration pour les Poëtes ne vous laiſſe point appercevoir ce qu'il y a de vicieux dans leur exemple ?

N'en doutez pas, répondis-je. Les ſots ont beau mépriſer cet art charmant, comme une occupation inutile & frivole, j'en connois tous les avantages, & rends graces au Ciel de m'en avoir inſpiré le goût. Le chagrin vient-il m'aſſiéger, j'ai recours aux bons Auteurs, & trouve en leur compagnie un aſyle inviolable qui fait renaître dans mon cœur

le calme & la tranquillité. Ces Morts res-
pectables me confolent de l'injuftice &
de la perverfité des vivans. Touché de
leur gloire & de leur fageffe, je tâche
de m'élever jufqu'à eux, de m'enflâmer
du feu de leur génie, & j'éprouve que
qui les aime & les prend pour modéles,
en eft toujours bien récompenfé.

A ces mots l'Hymen me crut un fa-
vori des Mufes, & n'en parut que plus
empreffé de m'inftaller au nombre de
fes Sujets. Ecoutez, me dit-il, il eft
dommage qu'un fi bon efprit foit la dupe
de fes préjugés ; mais je me flate de les
diffiper, fi vous voulez bien prêter l'o-
reille à ce raifonnement.

N'eft-il pas vrai qu'à l'âge où vous
êtes, vos paffions font dans toutes leurs
forces ? Combien de fois fouhaiteriez-
vous, (parce que je penfe que vous ref-
pectez les Dieux,) de pouvoir concilier
les intérêts du plaifir & de la vertu ? L'at-
trait de la vertu eft-il toujours plus fort
que celui du plaifir ? L'un vous coûte
mille combats, l'autre vous donne des
remords. Je ne vous crois pas du nombre de ces jeunes effrénés qui ne mettent point de différence entre le plaifir

& la débauche, & qui ne cherchent la volupté que par l'inftinct groffier qui les y entraîne. Vous fçavez vous refpecter, & craignez la honte & l'infâmie qui fuivent toujours le libertinage ; mais eft-on moins coupable, quand on forme ces liens furtifs qui violent les loix, & deshonorent les familles ? Séduire une femme, une fille, n'eft-ce donc pas pervertir l'ordre & commettre un attentat vraiment puniffable ? Ces triomphes honteux que l'audace & l'impudence remportent fur un fexe naturellement foible & trop fenfible, font prefque devenus, grace à la corruption du fiécle, l'étiquette du mérite ; mais en font-ils moins des crimes aux yeux de la raifon, & pour en éviter l'opprobré, eft-il de moyen plus fûr que le mariage ? Je ne vous parle point de ces affortimens bifarres que forme l'intérêt, de ces engagemens que l'on prend fans s'aimer, & quelquefois même fans fe connoître. Les fuites en font toujours malheureufes. On ftipule un mariage fans confulter ceux que l'on veut unir : les parens prononcent, c'eft aux enfans d'obéir ; le parti eft riche, c'eft tout dire ; mais les Epoux ne

se sont jamais vûs, ou ne s'aiment point.
Qu'importe, l'intérêt applanit toutes les
difficultés. Une fille de naissance, dont
les modestes appas auroient pû faire le
bonheur d'un homme de son rang,
passe entre les bras d'un fat opulent qui
la croit encore trop honorée de son al-
liance, & personne ne s'avise de le trouver étrange. Un homme de condition
né sans bien, ou ruiné par de folles
dépenses, ne fait point difficulté de rechercher la petite fille d'un maltotier,
qui peut-être a porté la livrée de ses an-
cêtres. Son luxe y trouve son compte ;
mais la dot de son Epouse ne peut la
sauver des mépris éternels qu'il lui fait
essuyer. Celle-ci s'en vange par des ga-
lanteries d'éclat dont ils partagent tous
deux le deshonneur. Tels sont pour la
plûpart les mariages de ce siécle ; mais
quand c'est l'inclination, l'estime, la
sympathie qui forment cet engagement,
on s'applaudit de son choix, & on n'a
jamais lieu de s'en repentir. Aimé d'une
Epouse aimable, vous goûtez les plaisirs les plus purs & les plus parfaits.
Vous vous voyez renaître dans une pos-
té rité charmante, qui fait votre plus doux

espoir, & resserre de plus en plus vos nœuds, parce qu'elle ne sçauroit être équivoque. La joye, l'innocence & la paix filent vos jours, & embeaument l'air que vous respirez ; mais si quelques-uns de ces petits accidens inséparables de la condition humaine, viennent suspendre le cours de ces douceurs, quelle ressource plus consolante que de trouver dans votre chere Compagne à vous soulager de la moitié de vos peines ! Est-il un ami plus sincere, plus tendre, plus compatissant ? Vous étouffez dans ses bras vos chagrins, vos inquiétudes ; vous y assoupissez vos douleurs, & ce leger intervalle qui interrompt votre bonheur en devient l'assaisonnement ; car un bonheur trop constant & uniforme est bien près de l'ennui. . . . . . .

Tout cela est séduisant, interrompis-je, voilà le beau côté de la médaille, mais voyons, s'il vous plaît, le revers.

Quand, sans prévoir la conséquence,
D'un nœud qui doit être éternel,
Plein d'une tendre impatience,
Un Jouvenceau sur cet Autel,

Vient signaler son imprudence,
Par un parjure solemnel ;
L'Amour témoin du sacrifice,
Pour vous se montre officieux ;
Le rusé d'un air gracieux,
Pour lui cacher le précipice,
Lui met son bandeau sur les yeux.
Mais par une malice étrange,
Quand le serment est prononcé,
Ce petit perfide se vange ;
Le voile ôté, la scêne change,
Et le bonheur s'est éclipsé.

Vous prenez une Epouse riche, bien-faite, & dont la réputation n'a jamais été entamée par la critique, car elle sort du Couvent : mais a-t-elle toutes les qualités nécessaires pour faire le bonheur & le repos de vos jours ? Etes-vous bien certain de vous féliciter à jamais de votre choix ? Hélas ! peut-être que cette Créature si touchante, cette moitié de vous-même, fera bientôt le tourment de l'autre moitié. Cependant il n'y a plus de reméde ; car le divorce, cette ressource précieuse des anciens tems, n'a point lieu parmi nous. Les chagrins, les dé-

goûts vous affiégent en foule. De certains
défauts, qu'on a eu grand foin de déro-
ber à vos yeux avant l'engagement, s'é-
talent maintenant avec une familiarité
impudente. L'Amour ne bat plus que
d'une aîle, bientôt il déloge & fait fou-
vent place à une haîne mortelle. Quel
défefpoir alors ! Quelle accablante fitua-
tion ! Oui, quoique vous puiffiez dire ;

Telle femme parut piquante,
Avant le dangereux Contrat,
Qui bientôt fade & rebutante,
Fait regretter le célibat.
Telle fut par fa modeftie,
Agnès avant le nœud fatal,
Qui bientôt fidelle copie,
De Meffaline ou de Julie,
(Sauf refpeĉt) & courant le Bal,
Le Brelan & la Comédie,
Vous caufe plus d'une infomnie,
Et vous entraîne à l'Hôpital,
Par la route de l'infâmie.
Une autre enfin charme vos yeux,
Sous le mafque de Cornélie,
Ou par l'efpoir délicieux,
De poffédèr une Oĉtavie.

Vous croyez presque que les Dieux,
En ont moulé chaque partie,
Et la formérent dans les Cieux,
Pour le bonheur de votre vie.
Mais dans le ménage un Démon,
Fuſſiez-vous un autre Caton,
Ou Zénon, ou Socrate même,
Elle vous hurle ſans raiſon,
Les yeux en feu, la couleur blême,
Maint & maint bilieux ſermon.
Vous la verrez cette Gorgone,
Cette pâle Architiſiphone
Terrible allumer ſon brandon.
Les ſerpens ſifflent ſur ſa tête :
Fuyez, Epoux, dans la tempête,
Point de trêve ni de pardon.

Quel tranſport, me dit l'Hymen !
Quelle ſaillie ! Ne diroit-on pas que vous
entonnez une Ode ? Oh pour le coup c'eſt
outrer l'hyperbole ! Si vous connoiſſiez
mieux les hommes, vous jugeriez plus
ſagement des femmes. Je ne vous dis
pas néanmoins qu'elles ſoient toutes rai-
ſonnables ; mais ſi vous aviez plus d'expérience, vous conviendriez avec moi
que c'eſt preſque toujours aux maris

qu'il faut imputer le trouble & le défor-
dre qui se mettent dans les ménages. Un
débauché, un brutal, un mauvais cœur
force souvent une Epouse à être vicieuse.
Si la plûpart des hommes, au lieu de mé-
priser leurs femmes, ou de les traiter
en esclaves, s'attachoient à réformer
leurs défauts avec ménagement, & com-
pensoient, par un sage équilibre, les
mauvaises qualités par les bonnes, la
tranquillité regneroit toujours dans les
familles, & les femmes ne donneroient
pas dans des écarts, forcées qu'elles
sont de se répandre à l'extérieur pour
trouver des consolations.

Pendant ce discours, j'avançois insen-
siblement vers le sanctuaire. Je vis avec
étonnement une foule innombrable de
Candidats de tout âge & de tout état,
qui fourmilloient dans le Temple, &
venoient tumultueusement présenter
leurs offrandes, pour se faire initier
dans les mysteres de l'Hymen.

J'apperçus des Veuves en deuil ;
Elles venoient de clore le cercueil,
De leurs pauvres Epoux d'ennuyeuse mémoire ;
D'autres encore au Pétitoire,

Après quatre maris que la tombe enfermoit :

Mainte vieille qui radotoit,

Et ce que je n'aurois pu croire,

Maint Titon parfumé, maint Nestor dameret,

Qui bégayoient toujours la même histoire,

Et couvroient les frimats d'un aride toupet,

Sous le pompeux buisson d'une perruque noire.

L'un à Philis endossoit un poulet,

Et larmoyoit quelques vers à sa gloire.

Un autre de maint osselet,

Avoit radoubé sa mâchoire,

Où l'ébène en chicots branloit comme l'yvoire.

La goutte avec le rhume à pas lents les suivoit,

Le javelot en main la mort les talonnoit.

Je vis un tourbillon de filles,

Grossi de plus de cent familles,

Qui faisoit en entrant un tintamarre affreux.

La plus jeune, en ces mots, fit entendre ses
vœux.

» Grand Dieu, prête à mes cris une oreille docile;

» Roturier, Courtisan, Campagnard, ou Bour-
» geois,

» Tartare, Algérien, Hottentot, Iroquois,

» Il me faut un mari, nargue des onze mille :

» Ma poupée est au croc, & ma gorge s'oppile.

» Dieu puiſſant, rend-moi femme à tout événe-
   » ment.

» Je ſuis ſage à l'excès, car vraiſemblablement...

» Jamais, qu'il m'en ſouvienne, un téméraire
   » Amant,

» N'eſſaya de ſaper dans ſa fougue imbécille,
   » L'inébranlable fondement,
   » De ma vertu farouche & difficile.

» Mais ſurtout je proteſte, & c'eſt bien la raiſon,
» De ne jamais fourber mon Epoux débonnaire :
» D'exclure les galans, de ſoigner la maiſon,
» Et de ſuivre en tout point l'exemple de ma
   » mere.

L'une tenoit des propos impudens,
Et bombardoit de l'œil les jeunes prétendans,
   L'autre avoit un maintien farouche.

   L'une en riant tordoit la bouche,
L'autre l'ouvroit beaucoup pour étaler ſes dents ;
L'une mordoit ſa lévre, & comme une pagode,
   Hochoit la tête en s'avançant ;
   D'autres niaiſant, grimaçant,
   Rioient, trotoient avec méthode,
   Affectoient un air innocent,
   Déplaiſoient pour être agréables,
Et ſe faiſoient haïr à force d'être aimables.

Quelques-unes se rengorgeoient,
Malgré les ans qui ravageoient,
Leurs agrémens jadis passables.
Sur leur teint racorni, sur ce vieux parchemin,
Timbré d'une étroite guipure,
D'une croute de fard l'ardente enluminure,
Leur composoit un masque tout divin;
Et malgré ce platras à l'air impénétrable,
Chacune portoit cependant,
Un parassol épouventable,
Dont l'orbe couvroit un arpent.

Je vis des Prudes, des Coquettes,
Des Amarantes, des Lisettes,
Qui tranchoient de l'Agnès, & qui depuis
trente ans,
Avoient fait dans Paphos leurs premiers exer-
cices,
Qui transpiroient des fumets suffoquans,
Relevés de musc & d'épices,
Et tirailloient tous les passans.
Dans le bagarre une d'entre elles,
Laissa tomber un œil au coin d'un pied d'estal;
Il se rompit en vingt parcelles,
Car c'étoit un œil de cristal.

Je vis enfin dans la cohue,
Un monde d'Amans befaciers,
Qui dans les coins de chaque rue,
Exercent fans pudeur leurs talens nourriciers.

Comme vous voyez, la foule étoit nombreufe. Je cru vous y appercevoir auffi : vous vous teniez à l'écart, & comme en tapinois. Le refpect m'empêcha de fauffer compagnie à l'Hymen pour courir vous embraffer ; mais je mourois d'envie de lier converfation avec vous, pour nous amufer aux dépens d'un milion de ridicules perfonnages, & de quantité de fats qui venoient dans le Temple portant leurs titres en parchemin, & quelques Lettres patentes, qui faifoient tout leur fond & tout leur mérite.

L'Hymen revint à la charge & employa les raifons les plus fortes, pour me convaincre & m'engager. Mais comme j'en étois toujours fur la réplique, enfin, me dit-il, il faut vaincre votre obftination, voyez fi vous pourrez réfifter. Il tira en même tems de la foule Mademoifelle G. . . . . . qu'il me préfenta.

Qui, moi ! m'écriai - je, que j'époufe ce monftre de perfidie, la plus ingrate, la plus ! . . . . . Elle, avec l'air tendre & touchant que vous lui connoiffez, fe mit à me ferrer entre fes bras. Je me débarraffai avec peine, & fus me ranger vers l'aimable & vertueufe T. . . . qui me reçut avec bonté. J'étois fi agité néan-moins que je me réveillai tout hors d'ha-leine. Je me précipitai de mon lit, & l'imagination encore toute remplié de mon fonge, il me parut fi extraordi-naire, que je me mis auffitôt à l'écrire, pour vous en envoyer une relation fi-dele.

Je fuis , &c.

www.ingramcontent.com/pod-product-compliance
Lightning Source LLC
Chambersburg PA
CBHW061827060726
47597CB00008B/3387